ROXILLE (Une histoire étonnante)

© *Nathanaël AMAH , 2021 NATHAM Collection*

ROXILLE (Une histoire étonnante)

Du même auteur :

(E-books & version papier)

- Que veux-tu entendre que
je ne t'ai pas dit? *(éd BOD)*
- Roxille (an amazing story) *(éd BOD)*
- РОКСИЛЬ (Удивительная история) *(ed BOD)*

ROXILLE (Une histoire étonnante)

Un père, une fille, une image, parfois une bien triste réalité …

"... Ce qu'un père peut faire de plus important pour ses enfants, c'est d'aimer leur mère. …."

(Théodore Hesburgh)

Couverture : photo de Larisa KAZAKOVA

ROXILLE (Une histoire étonnante)

ROXILLE

(UNE HISTOIRE ETONNANTE)

Roman

ROXILLE (Une histoire étonnante)

" Nathanaël,

j'ai lu plusieurs de vos livres.
 Vous aimez explorer la psychologie féminine.
 C'est une chose rare chez un homme.
 Vos observations sont pertinentes, parfois déstabilisantes.
 J'ai envie de vous raconter mon histoire.
 Prenons date pour vous raconter avec mes mots et avec ma voix, ce que j'ai sur le coeur.
 Vous m'écouterez, vous ne prendrez aucune note.
 Faites-en une libre interprètation et faites vous plaisir.
 Je vous lirai. Je vous le promets.
 Bien cordialement.
 R. "

ROXILLE (Une histoire étonnante)

1

Je m'appelle Roxille.

Je ne vous dirai pas mon âge. Cela n'a aucune importance.

Je suis née dans une famille bourgeoise d'un lignage ancien, dont les membres ont occupé presque tous, des postes importants dans la ville.

Mon père appartient à la quatrième

génération. Il est un élu *(dès son plus jeune âge)* siégeant au conseil municipal de la ville, avec plusieurs mandats municipaux à son actif.

Ma mère est la fille d'un notable qui dirigeait un grand cabinet d'avoués et conséquemment, est devenue une avocate dont les victoires ont fait d'elle, une avocate redoutée dans le milieu judiciaire.

J'ai un frère *(le chouchou de ma mère)*, qui se définit comme un artiste peintre.

Il ne se met au travail que quand tel un éclair, l'inspiration lui tombe dessus sans préavis et le mobilise durant des soirées entières au cours desquelles, la maisonnée doit cesser de respirer de peur de troubler ce que j'appelle, les "divagations artistiques" de mon frère.

D'aucun dirait peut-être que je n'ai pas un sens artistique developpé ou quelque chose du genre. Mais à mon avis, si mon frère est un artiste peintre, cela se saurait.

En disant cela, j'espère ne pas donner

l'impression d'être une méchante personne.

Ses tableaux, aussi rares que les feuilles sur un arbre à la fin de l'automne *(ses moments d'inspiration mettant de plus en plus de temps à lui tomber dessus)*, ont tous fini sur les murs de la chambre de ma mère qui veut les avoir sous les yeux le soir avant de s'endormir.

A ce jour, je ne sais toujours pas comment elle peut trouver le sommeil en ayant ces horreurs sous les yeux.

Chaque tableau commis par mon frère, fait l'objet d'une large publicité, et entraîne systématiquement une réception organisée par notre mère pour dévoiler devant les notables de la ville, l'oeuvre dont le sens échappe à quiconque voulant comprendre ledit chef-d'oeuvre.

Mais qu'importe, pourvu que le champagne coule à flots avec les douceurs qui vont avec, et que les invités éméchés, s'extasient devant ledit tableau, ravis d'admiration, commentant en termes savants, le génie de l'artiste peintre qui, déambulant d'un invité à l'autre pour récolter les lauriers, finit dans les bras de notre mère qui ne peut s'empêcher de croire que sa maison abrite à travers ce fils magnifique, la réincarnation de Picasso.

Elle semble oublier que Picasso avait réussi à 14 ans le concours d'entrée aux Beaux-Arts de Barcelone et que sa virtuosité lui avait permis de représenter son pays à la section espagnole de peinture de l'exposition universelle de Paris.

Probablement pour elle, cela est un point de détail qui n'enlève en rien, le talent supposé de son fils, talent sublimé par des fulgurances qui éclairent le monde des arts, et la rendent ivre de bonheur.

Quant à moi Roxille, la diplômée d'une grande école, occupant un poste important dans une multinationale, je ne représente pas grand-chose à ses yeux, n'étant pas artiste peintre, et à défaut, une avocate *(même minable)* pour honorer et perpétuer la tradition dans la famille.

Elle a toujours considéré que je suis une

personne sans relief, quasi insignifiante.

Car, ce qui me définit par dessus tout, c'est ma nature calme, sérieuse et pondérée. Je ne fais pas de bruit. Je n'attire pas l'attention sur moi. Je ne crée pas le buzz en utilisant une expression actuelle.

En clair, je suis une ratée, une déception, juste une fille à marier.

ROXILLE (Une histoire étonnante)

2

Toute petite, je me souviens que mes journées étaient toutes rythmées par mes promenades dans le domaine de mes parents.

Chaque arbre avait un nom de mon invention, et une implication dans le cercle très fermé de mes "amis" du règne végétal à qui je passais mon temps à parler et à me confier.

En automne, j'étais triste de les voir perdre leurs feuilles et de se retrouver démunis.

J'avais peur qu'ils aient froid et je ne pouvais rien faire pour les réchauffer. Je ressentais une extrême affliction. Je ne pouvais pas en parler à ma mère qui passait son temps dans son bureau, elle qui à coup sûr, ne comprendrait rien à mes histoires d'arbres "dénudés", frigorifiés.

Je n'étais pas le centre de ses préoccupations et mes élucubrations n'avaient aucun écho dans son coeur.

Avec le recul, je peux la définir comme une personne froide, calculatrice, dénuée de toute sensibilité *(sauf devant le génie de son fils)*.

En effet, les seules émotions qui peuvent l'atteindre sont celles qui émanent des événements mettant en scène des gens acquis à sa cause, qui lui renvoient cette image chargée d'une dose non négligeable de son amour d'elle-même et de sa satisfaction d'avoir engendré un génie.

J'imagine et je mesure sa déception de m'avoir donné le jour, moi qui ne possède aucune aptitude à susciter ces émotions qui lui servent de carburant pour avancer dans sa vie.

Notre coexistence était mal engagée dès le départ.

Pourtant, je ne suis ni la rivale, ni celle capable d' éclipser son aura.

Je ne suis que sa fille, celle qui a besoin de son amour, de sa tendresse, de ses conseils.

Le peu que j'ai pu apprendre concernant ma vie de " jeune Fille" et de son évolution vers ma vie de "Femme", je l'ai appris en dehors de chez moi, au cours de ma vie universitaire notamment.

A la réflexion, que pouvait-elle m'apprendre, ma chère maman ?

Qu'a-t-elle appris de sa propre maman ?

Je me souviens de ma grand-mère : elle n'était sûrement pas la personne à faire ses recommandations à sa fille pour une vie sexuelle épanouie.

Probablement à son époque jusqu'au décès de mon grand-père, les choses n'étaient pas aussi sophistiquées.

Les plaisirs sexuels de la femme n'étaient pas une chose recommandable.

La finalité du sexe se résumait *(d'après ce que j'ai pu déduire sans être tout à fait catégorique)* à la mise en route des grossesses, qu'importe l'art et la manière.

Maman a passé une bonne partie de sa vie à côté d'un homme passionné par la politique, indifférent aux états d'âme de son épouse.

A-t-elle aimé mon père?

Mon père l'a-t-il aimée en retour?

Comment cela se passait-il entre eux ?

Se désiraient-ils ?

Y avait-il de la complicité entre eux?

A la suite de quelles circonstances, ma mère

avait été mise enceinte, la première fois puis la deuxième fois ?

Le pur hasard ou à la suite d'une décision mûrement réfléchie?

Quand avaient-ils trouvé le temps de penser à leur descendance?

Qui a écrasé l'autre de sa supériorité?

Mon père avide de pouvoir pour combattre ses adversaires politiques ou ma mère, la guerrière en toge noire ?

3

De ce que j'ai pu observer, la probabilité pour que l'union de mes parents puisse être un événement exemplaire, susceptible de me donner envie à mon tour de m'établir avec un homme, était quasi nulle.

Deux êtres qui sont à l'antipode l'un de l'autre, ne sauraient me convaincre de croire à la pérennité des sentiments amoureux.

L'effort perpétuel que nécessite la continuité

ROXILLE (Une histoire étonnante)

de la sincérité pour le maintien du feu des sentiments amoureux, me paraît au dessus de mes forces.

Je ne me sentais pas capable d'aimer un homme pour l'éternité.

Alors pourquoi demeurer auprès de quelqu'un durant des décennies quand plus rien ne se passe dans mon coeur ?

Sonia Lahsaini a raison de dire que :

"Les sentiments jouent avec nous pendant un certain temps, puis nous laissent nous convenir avec nos souvenirs."

Aucune envie de m'accomoder avec des souvenirs.

J'ai envie de vivre le moment que je vis dans l'instant donné, en action, en chair et en os, dans la chaleur de mes ébats avec l'autre et non pas, seule dans mon lit en ressassant des moments passés comme devant un vieux film enregistré sur une vieille cassette VHS d'un autre temps.

J'ai scruté la vie de mes parents que je peux résumer sous la forme d'une juxtaposition de deux personnalités fortes, dont la chance d'aboutir à un comportement fusionnel est quasi nulle.

Je n'ai jamais vu mon père prendre ma mère dans ses bras.

Dans ces conditions, pourquoi une telle mise en scène du couple parfait devant leurs amis ?

Cela releve peut-être de leur nature humaine qui s'adapte *(à mon humble avis)* à l'habitude de coexister sous le même toît. On finit par s'habituer à vivre avec quelqu'un, bien ou mal accompagné, mais devant les autres, il faut faire illusion.

Oui mais, n'est-ce pas véritablement une entrave à notre liberté de décider de rester auprès de cette personne lorsque nous n'éprouvons plus rien, et de nous en aller vers d'autres cieux porteurs de vie, donc plus utiles à notre équilibre psychique ?

ROXILLE (Une histoire étonnante)

Dès lors, quand le besoin de m'établir avec quelqu'un est venu à l'ordre du jour, ma préoccupation première est de trouver le bon moyen de retarder cette échéance, dans le but de me laisser le temps nécessaire pour m'y préparer et trouver la bonne combinaison pour faciliter ma coexistence avec l'homme que j'aurais choisi.

Ce n'était pas une nécessité de me mettre en mode projet pour étudier tous les aspects de cette problématique.

Mais, à condition de vouloir suivre le schéma classique édicté par la vie depuis les temps anciens *(un homme, une femme)*, et être conforme aux règles de respectabilité établies par la société bien-pensante des HOMMES *(la respectabilité de la femme mariée)*, quoi de plus simple pour moi que de me "rendre disponible" et attendre ?

Attendre quoi ? Attendre qui ?

L'âme soeur pour que la prophétie se réalise ?

Non !

J'avais décidé qu'en ce qui me concerne, il en serait autrement.

Non pas parce que je suis une anti conformiste, mais tout simplement au nom de l'égalité femme/homme.

Je vois certains qui sourient en me traitant péjorativement de suffragette, en prétendant que je suis en retard d'une guerre.

A ceux-là, je réponds en leur rappelant ceci :

Oui Messieurs, 1903 ne date pas d'hier, mais je tiens à rendre un vibrant hommage à Emmeline Pankhurst pour son action ayant conduit à la création de cette union politique et sociale des femmes visant à défendre les droits fondamentaux des femmes.

Non Messieurs, je ne me trompe pas de guerre dans la mesure où, de nos jours, les droits de la FEMME sont toujours au centre des préoccupations des FEMMES.

Non pas sur le plan politique, mais au niveau

de leurs choix qui engagent leur futur.

Donc, Messieurs vous vous trompez en ricanant à bon compte.

Mon futur à moi, c'est mon combat de tous les instants.

J'ai réussi la première étape pour vivre une vie épanouie en m'assurant des revenus plus que confortables, garantissant à vie, mon indépendance financière.

La seconde étape *(ayant pour vocation d'être bien accompagnée pour ce futur que j'espère radieux)*, passe nécessairement par le choix de l'homme qui m'accompagnera tout au long de ma vie et me permettra d'assurer ma descendance.

4

"*On n'attrape pas des mouches avec du vinaigre*".

Adage bien connu.

Je suis une jeune femme indépendante, riche, attirante.

Rectification **:** Je ne suis pas attirante. Il

ROXILLE (Une histoire étonnante)
© *Nathanaël AMAH , 2021 NATHAM Collection*

paraît que je suis attirante. Nuance !

Je possède une magnifique maison.

Je vis avec mes deux chats égyptiens qui couchent dans mon lit. Ils sont jaloux comme deux tigres en période de chasse.

Mes chats dans mon lit ne constituent pas mes meilleurs atouts pour attirer l'homme de ma vie et l'inciter à rester avec moi.

J'en suis bien consciente.

Que pensent les gens de la femme qui dort avec des animaux dans son lit?

Je ne me suis jamais penchée sur la question.

Mais à l'évocation de ce sujet, je suis certaine que, *(à commencer par les psychologues auto-proclamés que sont généralement ces messieurs qui ont échoué dans leurs tentatives de conquérir le coeur d'une femme, femme à qui ils trouvent mille et un défauts car ce n'est pas de leur faute si cela n'a pas fonctionné)*, les réflexions des uns et des autres sur cette

ROXILLE (Une histoire étonnante)

habitude de dormir avec des animaux, ne doivent pas être bien glorieuses pour la personne concernée.

Ils pourront toutefois alléguer qu'il n'y aura jamais de la place dans le coeur d'une femme pour un homme, si son lit est occupé par des animaux.

Nathanaël, je vous vois sourir.

Franchement, ai-je tort de penser cela, même si ce que je viens de dire est une supputation et non une certitude ?

L'habitude de considérer une personne boulimique comme quelqu'un qui serait en manque de quelque chose, *(à mon sens)*, est un racourci risqué.

Un dérèglement physiologique ne saurait être systématiquement imputé ou imputable à un manque affectif, de mon humble point de vue.

Il existe forcément un milliard de causes autres que l'affectif qui pourraient expliquer un tel comportement.

Par conséquent, le fait que je dorme avec mes chats : 1/ cela ne regarde que moi, 2/ je défie quiconque de démontrer l'existence d'un vide affectif avéré dans ma vie de femme.

Se hasarder à une telle conclusion serait totalement irrespectueux vis-à-vis de ma personne.

Mais peu importe.

Et si mon envie, *(devenue mon besoin, à son tour transformé en une habitude),* de dormir avec mes chats, était tout simplement la manifestation de mon attachement au règne animal qui ne se joue pas des sentiments d'autrui ?

A méditer n'est-ce pas ?

Que dire ce celles qui dorment avec des peluches dans leur lit ?

Selon ces mêmes psycholoques auto-proclamés, il s'agirait de cas de femmes qui ne peuvent abandonner le confort rassurant de leur enfance, femmes dont la maturité serait en cause.

(Gros soupir !)

Comment peut-on être si bête en raisonnant de la sorte ?

Vous savez, en psychologie, tout est possible.

Cela me fait penser aux professeurs de littérature qui apprennent aux élèves à "deviner" les intentions d'un auteur au moment où ce dernier réalise son oeuvre. En quoi les motivations d'un auteur, *(quel qu'il soit),* à un instant donné de sa vie, puissent passionner les élèves ?

Rien d'étonnant si je me suis tant ennuyée pendant les cours de littérature.

Mon propre discernement devrait m'aider à comprendre la teneur, la profondeur d'une oeuvre littéraire sans chercher à deviner les intentions de l'auteur. Se faire sa propre idée, n'est-ce pas plus intéressant comme démarche pour découvrir et apprécier une oeuvre ?

A la rigueur, si les intentions de ces professeurs consistent à enseigner aux élèves l'art de la critique littéraire alors, les cours d'explication de textes seraient tout à fait justifiés et utiles. Dans le cas contraire, ces cours deviendraient à terme, des séances de siestes collectives.

5

Comment je voyais les choses à cette époque ?

Je me réfère au schéma classique *(qui voudrait que la femme se laisse courtiser par un prétendant)*, pour t'expliquer mon état d'esprit de cette époque.

"Se laisser courtiser" est une idée qui m'a toujours rebuté.

La compréhension que j'ai de cette curieuse expression a toujours inspiré chez moi, de la répugnance.

Je vais vous dire pourquoi.

Que dit le dictionnaire ?

Faire la cour, c'est :

" ... *Flatter quelqu'un par intérêt, chercher à gagner ses faveurs.* ..."

Par conséquent, s'il s'agit de courtiser un homme ou une femme de pouvoir divin *(un roi ou une reine)*, cela pourrait se concevoir.

Mais, est-il possible qu' une femme *(saine de corps et d'esprit)* puisse se satisfaire de cette fausse idée de ce qu'est l'expression du sentiment amoureux qui implique honnêteté et sincérité ?

Comment peut-elle se rabaisser à accepter de désactiver son discernement face aux belles paroles d'un individu dont elle connaît par avance les intentions ?

Est-ce dans la nature de l'être humain de se

laisser séduire par la beauté d'un geste ou l'éloquence d'une belle parole ?

L'évolution des moeurs, *(depuis la préhistoire jusqu'à nos jours)*, a probablement conduit à l'instauration d'un semblant d'égard vis-à-vis de la femme, *(tout le monde se souvient de l'image allégorique déplorable, à peine exagérée de l'homme primitif en peau de bête trainant la femme par les cheveux jusqu'au fond de la grotte pour copuler)*.

L'image de la femme à marier ne sort pas non plus réhaussée lorsque, dans certaines sociétés tribales, l'évaluation de la valeur de la femme se fait sur la base d'un certain nombre de chèvres, de chameaux ou de noix de colas, sans oublier les jeunes filles promises dès leur naissance à des vieillards dont le but ultime est de violer à volonté des jeunes filles à peine formées sans risquer d'aller en prison, et avec la bénédiction des parents.

Tout ceci pour vous dire que, la dépréciation de l'image de la femme *(depuis la nuit des temps)*, n'a jamais cessé et la prive d'être maîtresse de son destin. Ce qui est fort dommage.

Mon caractère ne me permet pas d'accepter de "rentrer dans les rangs" et me satisfaire d'un processus qui *(à mon avis)* contribue à dégrader davantage l'image de la femme.

Je le sais, ma position sur ce sujet ne ferait pas l'unanimité parmi mes semblables. Je risque même d'être traitée de tous les noms d'oiseaux.

Elles pourront même me dire :

" Ne sois pas hautaine et prétentieuse ! Ne fais pas la dégoûtée. Laisse-nous respirer. Fais comme tout le monde, prends ce qui se présente et ferme la, sinon change de sexe . "

Je me fiche pas mal de leurs critiques. Je n'ai ni envie de la fermer, ni le désir de changer de sexe.

Je sais qu'il y a des réalités se rapportant au statut de la femme, notamment le privilège de donner la vie, réalités qui ne peuvent être changées de par l'ordre des choses. Ce n'est pas là mon propos. Je n'ai pas cette prétention de changer les choses.

L'essence de la femme fait que la femme est ce qu'elle est aux yeux de l'humanité.

Mon propos est plus précis et ne saurait être déformé.

Ecoutez bien Nathanaël.

Alors que je ne connaissais pas leur existence, donc nullement influencée par elles, à l'image des femmes Moso *(faisant partie du dernier peuple matriarcal aux confins du Sud-Ouest de la Chine)*, j'ai toujours voulu vivre ma sexualité comme je l'entends, librement, sans engagement.

Pour moi comme pour ces femmes Moso, le mariage est une pure illusion.

Se marier, reviendrait à se vendre et se complaire dans une forme d'illusion *(en toute connnaissance de cause)*, contracter un engagement qui ne repose sur rien.

En fait, cela n'a aucun sens de se promettre la passion éternelle, surtout en face d'un prétendant qui potentiellement, viendrait à vous avec des mensonges au bord des lèvres.

Entrer de plein pied dans une relation dans laquelle les dés sont pipés dès le départ, constitue *(à mes yeux)* une menace réelle à l'harmonie du couple.

L'harmonie étant au-dessus de l'équilibre, elle suppose l'existence entre les parties, d'une convergeance et d'une convenance qui garantissent le sentiment amoureux équitable.

6

Dans le cadre du mariage, l'absence de cette émotion annonçant la naissance du sentiment amoureux qui fait *"voler des papillons dans l'estomac"* des épousées, est à mon avis, un mauvais présage.

Il n'y a probablement pas assez de place dans mon estomac pour y faire voler des papillons. Ce qui ferait de moi *(de facto)*, une très mauvaise candidate au mariage, même si sur un malentendu, je change d'avis sur le mariage pour un homme devant lequel, la désactivation de mon discernement ne serait pas un problème insurmontable.

Mais, je me connais suffisamment pour trouver cette idée absurde et grotesque.

Car, changer d'avis devant une belle gueule au départ, qui finira à coup sûr avec des valises sous les yeux, l'haleine chargée de tabac et de vapeurs d'alcool, une silhouette peu flatteuse *(conséquence d'un estomac distendu)*, cette perspective peu engageante d'une vie aux côtés d'une telle personne ne mérite pas mon revirement.

Chez certaines qui se sont déjà brûlées les ailes, persister dans cette volonté de convoler *(après ce premier échec)*, est pour moi une démarche incompréhensible.

La victoire de l'espoir sur l'expérience ne saurait faire oublier qu'un premier échec devrait être un sérieux avertissement pour qui voudrait à tout prix être conforme à la "norme" établie par la société des hommes.

La respectabilité de la femme mariée n'a aucun fondement. Soit la personne est respectable (*et elle est naturellement respectée)*, soit elle ne l'est pas.

Aucun statut social ne peut compenser l'inaptitude d'une personne à inspirer le respect.

Alors, d'échec en échec, tel un sablier, la vie passe sans apporter à la multi-récidiviste la garantie d'être heureuse. Curieusement, elle aura néanmoins l'intime conviction d'avoir été respectée entre deux échecs, convaincue d'avoir préservé son honneur.

Il se chuchotte que, le jour de son mariage est le plus beau jour dans la vie d'une femme.

Mais au fait, que ressent *(exactement et honnêtement)* une femme le jour de son mariage ?

Peut-être :

- le bonheur total ?

- rien, il s'agit d'un jour de fête comme un autre ?

- la peur de s'être trompée : et si ce n'était pas le bon ?

- le sentiment d'être parvenue à une étape cruciale de sa vie? Quelle est la suite ?

- une joie de façade teintée d'une inquiétude intérieure inexpliquée : la nuit de noce ?

- des regrets devant une absence totale d'émotions au moment du baiser devant le maire ?

- la peur de ne pas être à la hauteur des attentes du conjoint ?

- la crainte d'échouer : le spectre d'une possible cause de divorce qui s'invite aux noces en la personne de la belle-maman dont les critiques ne font pas la pause même en ce jour de fête ?

- la peur du ménage à trois : la belle-mère, le conjoint et la jeune mariée ?

- la désillusion complète : tous ces tracas pour ça ?

Cette liste n'est sûrement pas exhaustive. Vous vous en doutez. A chaque femme, ses propres craintes le jour son mariage.

Si le meilleur moment dans la vie d'une femme est le jour de son mariage, ce jour étant également la manifestation d'un grand moment de stress, je n'ai pas envie d'ajouter du stress dans ma vie parce que j'aurais décidé de faire comme tout le monde en me mariant.

Sachant cela d'une part, le bonheur absolu n'existant pas d'autre part, Je ne m'étais jamais hasardée à contrarier le destin en me laissant tenter par une telle aventure.

L'envie de ressentir de la joie et de me sentir très spéciale en portant une belle robe blanche, *(signe de pureté à ce qu'il paraît)*, ne m'a jamais éffleuré l'esprit.

Je n'ai pas besoin de déguisement pour me sentir pure.

ENFIN BREF !

ROXILLE (Une histoire étonnante)

7

Un dimanche matin, j'ai cru que ma vie était sur le point de basculer sur le chemin qui mène à la "respectabilité".

Ma résistence au mariage ne tenait qu'à un fil.

Cependant, j'ai résisté de toutes mes forces à cet appel à la félicité vis-à-vis duquel, il serait difficile pour quiconque de garder la tête froide.

Voici ce qui s'est passé.

Au moment de quitter un de mes amants après avoir dormi chez lui, il me dit en me tenant par la main :

" *Je pars avec toi chercher tes affaires.*"

Je vous laisse imaginer l'effet que cette petite phrase *(dite par une personne qui vous fixe dans les yeux)* a eu sur moi.

Pourtant, je ne suis pas une sentimentale, reconnue et certifiée comme telle. Tout le monde le sait.

J'ai reçu cette petite phrase comme la plus merveilleuse et la plus touchante déclaration d'amour qu'un homme puisse faire à une femme.

Cette phrase anodine en apparence, a été pour moi quelque chose de plus valorisant que s'il s'agissait d'une vraie demande en mariage, formulée par un homme en habit *(rédingote et la paire de gants de couleur immaculée de circonstance),* selon un protocole préétabli et désuet.

Juste une petite voix, émanant d'un amant fatigué *(j'avoue en baissant pudiquement les yeux que, je ne lui avais pas laissé une minute de répit durant la nuit)*, vêtu d'un simple boxer, torse et pieds nus, debout sur le carrelage de la cuisine, au moment où j'étais sur le point de le quitter.

Il n'arrêtait pas de me dévisager. Il scrutait chaque expression de mon visage. Il avait bien compris que j'avais entendu son message et assimilé ce qu'il voulait me dire.

Pourtant, dans ses yeux, je pouvais lire son angoisse d'essuyer un refus de ma part.

J'avais compris une chose en cet instant précis, moi l'orgueilleuse, moi Roxille la dure à cuire : chaque colosse possède son talon d'Achille.

Comment a-t-il deviné le mien alors qu'il était tout nouveau dans ma vie ?

Je ne parvins pas à comprendre ce qui m'arrivait face à ces yeux marrons perçants qui me fixaient.

Ah ces yeux ! Ils ne me mettaient pas mal à l'aise mais, j'avais parfois du mal à contenir son regard qui allait bien au-delà de l'orbite de mes yeux. J'avais l'impression qu'il est capable de lire en moi à travers mes yeux.

Peut-être un signe : c'était le seul qui avait les yeux de cette couleur parmi tous mes amants.

Pourtant, contre toute attente, il avait réussi à me séduire au point de me mettre dans son lit en un temps record.

Comment a-t-il réussi à réaliser cette prouesse ?

Maintenant que j'y pense, je dois avouer qu'il n'était sûrement pas de prime abord, l'homme auquel je me destinais.

Il ne répond à aucun de mes critères. Pourtant, telle une araignée, il a réussi à tisser sa toile autour de moi. J'en étais consciente, mais, je ne voulais pas réagir, je ne pouvais pas me soustraire à son emprise. Sa douceur, sa bonne humeur, sa tendresse, sa manière de me faire l'amour, tout était nouveau pour moi.

Dans ses bras, mon statut d'amante agissante, remuante, arrogante basculait en celui de l'amante passive, docile, maléable.

Cela ne me ressemblait pas. Curieusement, la situation ne m'inquiétait pas plus que ça même si devant moi, je voyais la porte de la cage du bonheur s'ouvrir en me laissant entrevoir tout son contenu.

Il n'avait certainement pas l'intention de la refermer sur moi. Mais j'avais deviné qu'à l'intérieur de cette cage, il m'aurait préparé un nid douillet, un lieu où je pourrais me poser.

Tel un oiseau, j'aurais eu de l'eau fraîche *(légèrement sucrée)* et des graines de qualité supérieure venant d'un pays lointain.

En échange, moi, tous les matins, je sifflerais ma mélodie la plus douce pour exprimer mon bonheur d'être ainsi traitée par lui.

ROXILLE (Une histoire étonnante)

Oui, quelle femme resisterait devant cet homme dont le charme discret est un piège redoutable ?

Je ne suis pas parvenue à trouver la bonne réponse à sa demande. C'est bien la première fois.

Il ne me lâchait pas les mains. J'étais sa prisonnière. Il voulait avoir sa réponse coûte que coûte.

J'étais incapable de la lui donner.

8

Pour la première fois de ma vie entière, j'étais hors de ma zone de confort. Cela a été très déstabilisant pour moi de ne plus être actrice de ma vie et d'être devenue en l'espace de quelques secondes, une simple spectatrice.

J'étais celle qui tenait les rênes. Je donnais les ordres, on m'obéissait. J'étais la reine toute puissante. Je portais mes amants au sommet de ce qu'ils pouvaient espérer de ma part. Je les descendais à leur plus bas niveau dès qu'ils me déplaisaient.

J'étais ce genre de femme, capricieuse, insatiable, exigeante, parfois méchante *(je le confesse honteusement)*.

Et ce jour là, en me laissant prendre par la main, j'avais laissé cet homme contrôler mon âme.

J'étais incapable de mettre fin à ce tourment, non pas par manque de volonté, mais parce que tout à coup, je me suis sentie dans la peau d'une femme désirée et aimée.

J'étais sur le point de m'en aller lorsque la petite phrase a résonné dans mes oreilles.

Alors machinalement, je me suis assise face à lui.

- " *Chéri, qu'est-ce que tu viens de dire ?* "

Il s'agenouilla devant moi, ses deux mains posées sur mes cuisses, et très sérieusement, il répéta :

ROXILLE (Une histoire étonnante)

- *"Je pars avec toi chercher tes affaires."*

Oui j'avais bien entendu. Ce n'était pas une plaisanterie de sa part.

- *" Tu mesures la portée de ce que tu me dis ? "*

- *" Oui ! "*

- *" Et tu sais ce que celà implique pour toi comme pour moi ? "*

Toujours dans la même position :

- *"Tu m'attends, je prends ma douche et je te ramène chez toi chercher tes affaires. Ok ? "*

Devant cette persistance, cette quasi injonction, une grosse panique s'empara de moi. Il fallait que me je sorte de cette situation au plus vite.

Alors ma vraie nature reprit le dessus.

Pour sauver ma tête, à sa délicatesse, je ne

pouvais que lui opposer ma désinvolture pour lui signifier mon refus.

- " *Chéri, cela ne se passe pas ainsi. Tu ne vas pas chercher les bagages d'une femme avec laquelle tu viens de baiser, ... non ?* "

A vous, je peux avouer que nous n'avions pas baisé. Nous avions fait l'amour, et cela m'avait comblée, tellement j'avais ressenti dans ma chair, cette sensation de lui appartenir corps et âme.

C'était tout simplement parfait. Je ne pouvais pas trouver mieux. Je l'ai sollicité sans arrêt durant toute la nuit.

Comme amant, il était parfait. Et ses bonnes manières feraient de lui, le mari idéal.

C'est là tout le problème.
Vous comprenez ?

Mais, en m'adressant à lui comme je l'ai fait, je voulais provoquer chez lui, cette prise de conscience avec pour objectif, la renonciation à son envie *(voire décision)* de m'épouser.

Oui vous avez bien entendu : "m'épouser". Oui, J'exagère un peu. Avec l'âge, Je suis devenue une personne excessive.

C'est vrai, il ne l'avait pas formellement dit de cette manière, mais c'est tout comme.

Vous conviendrez avec moi qu'il ne pouvait pas prendre l'initiative d'aller chercher mes affaires chez moi pour que j'aille m'installer chez lui, juste pour le fun, et me mettre à la porte huit jours après !

Ma fierté, mon arrogance, ne me permettraient pas d'aller m'installer chez un homme si les choses ne se font pas dans les règles de l'art : fiançailles, mariage, ...

- " *Donc pour toi, nous avons baisé ?* "

- " *Oui chéri, nous avons fait quoi selon toi ?* "

Il me fixa longuement, puis se redressa et s'en alla prendre sa douche.

Je suis incapable de vous décrire le dégoût qui se lisait dans ses yeux.

J'étais mortifiée, mais il le fallait.

Je pris mon sac et la porte sans me retourner.

9

Dans ma voiture sur le chemin du retour, mon esprit était embrouillé.

J'avais les larmes aux yeux.

Pour la première fois, je pleurais à cause d'un homme.

Ce monsieur tout à fait convenable, tout à fait respectable, n'avait aucune raison de me faire pleurer ce matin là, mais sa déclaration d'amour à laquelle j'avais répondu par du mépris, avait fait de moi une personne abjecte.

C'est bien fait pour moi. Mes larmes ne pourraient rien changer.

Après la nuit que que je venais de passer avec lui dans son lit, je devrais me sentir contente, légère, insouciante, épuisée, pensant uniquement à ce moment de détente que j'allais m'accorder dans mon bain moussant en rentrant chez moi.

Mais au lieu de cela, il m'était impossible de ne pas penser à cet homme qui venait de briser ma carapace en mille morceaux.

De plus, je venais de me sauver de chez lui comme une voleuse. Cela ne me ressemble pas d'agir de la sorte. Je n'avais jamais fui devant quiconque.

J'étais allée à lui, mue par une attirance physique. J'avais pris la fuite parce qu'il m'avait déclaré son amour.

Allez comprendre quelque chose.

J'ai été une vraie conne.

Oh oui ! Une vraie de vraie.

Je n'arrive à m'expliquer pourquoi, la manifestation de ce sentiment amoureux dont je parlais tant au début de mon histoire, et vis-à-vis duquel, je faisais un préalable à toute union entre un homme et une femme, *(car basé sur l'honnêteté et la sincérité)*, m'avait rendue tout à coup hystérique.

La spontaneité de cet homme ne peut cacher un loup. Je l'avoue.

Il n'avait jamais mis les pieds chez moi. Il ne connaissait rien de ma vie. Il ne pouvait ni deviner de quelle famille je suis issue, ni ma situation professionnelle. Aucun de mes amants ne me connaissaient vraiment. Pour la plupart, j'étais la femme rousse en quête d'aventures sexuelles. La seule chose dont ils peuvent certifier l'exactitude, c'est le fait que je suis une rousse de la tête aux pieds.

Par conséquent, il ne pouvait donc pas me jouer la grande scène de la séduction aux fins de me soutirer quelques menus avantages.

Par contre, il ne saurait exiger ma totale adhésion à ses sentiments à mon égard. J'ai le droit de me préserver de son emprise. Il me maintenait prisonnière en prenant ma main.

Or, je ne lui avais pas accordé ma main.

Je voulais juste me distraire, passer une bonne nuit et abuser de sa capacité à me rendre folle.

Qui pourrait me blâmer de vivre ma vie comme je l'entends, saisir les bonnes occasions pour explorer de nouveaux plaisirs sexuels, rendre mes amants heureux lorsqu'ils me rendent heureuse ?

Avec le recul, je pense qu'il est l'homme qui m'a émoustillée à un instant donné et qui m'a fait fuir la seconde d'après.

Je ne peux pas m'expliquer pourquoi j'ai fui pendant qu'il prenait sa douche.

La fuite dont je me suis rendue coupable, ressemble fortement à celle de la femme qui a cessé d'aimer.

Or, l'ai-je déjà aimé ?   Je ne crois pas.

Devrais-je m'interdire de l'aimer parce qu'il ne s'est pas humilié à me courtiser, lui l'amant aux yeux marrons et au corps d'albâtre, de peur d'avoir honte de lui-même dans le cas d'un refus de ma part ?

Un psy pourrait m'aider à comprendre.

10

Une semaine a passé. Puis deux.

Il ne m'a pas donné de nouvelles. Moi non plus.

Dans mon for intérieur, j'espérais que les choses finiraient par se tasser.

Au cours de cette période, je me suis calmée.

Plus de sorties en quête de sexe.

Une sorte de retraite forcée.

Ma vie se résumait à me rendre au travail, réorganiser ma bibliothèque et passer du temps avec mes chats.

Il me fallait ce temps en retrait de la vie pour me recentrer sur l'essentiel.

Il est vrai que ma vie était semblable à des feux follets, jaillissant ici ou là, éclairant les nuits dans ces lieux de plaisir dont j'avais une fringale inassouvie.

J'avais un appétit sexuel incomparable, mais le sexe n'était pas une addiction chez moi.

C'est ça mon paradoxe.

Je vais vous faire sourire en prétendant que je ne suis pas une nymphomane *(qui se définirait en termes savants comme une exacerbation pathologique des besoins sexuels chez la femme en raison de causes physiques ou psychiques et se traduisant par un comportement déréglé)*.

Je peux consommer du sexe à un instant donné de manière compulsive lorsque l'occasion se présente, mais je peux également m'en priver sans être obligée d'user frénétiquement de mes petits jouets, sans être poussée à chevaucher mon traversin et me tordre de douleur dans mon lit la nuit au point de me précipiter hors de chez moi à la recherche du plaisir.

Chez moi, c'est "l'occasion qui fait le larron".

En clair, les opportunités me font faire des choses que je n'aurais pas faites dans une situation "normale".

Vous comprenez ce que je veux dire ?

Je suis persuadée que certains de vos lecteurs *(tous sexes confondus)* me traiteraient de pute qui se réfugie derrière des griefs qui remonteraient à mon adolescence *(l'image déplorable de mon père qui n'avait jamais pris ma mère dans ses bras, ..., mon aversion pour les courtisans, ..., une supposée vengeance de ma part sur les hommes qui ne traitent pas les femmes à leur juste valeur, ce qui me pousserait à user des hommes et les jeter à la poubelle après usage, etc ... etc ...).*

Libre à eux de penser cela. Nous vivons dans un pays de liberté.

Mais je suis convaincue que bon nombre de femmes *(toutes périodes confondues)*, sont capables de comprendre mon histoire et ce qui en découle.

Je vais donc compléter mon affirmation : je ne suis ni une nymphomane, ni une pute.

Je ne suis ni une prostituée, ni une personne capable de s'abaisser pour arriver à ses fins.

Je dénie tout droit aux gens "bien pensants" de m'interdire *(à postériori)* mon droit inaliénable de me comporter et d'agir comme je l'ai fait au cours de ma vie de femme active.

Au fait, combien d'histoires semblables à la mienne, dorment au fond des mémoires de ces femmes parfaitement équilibrées, parfaitement conformes au statut de la femme mariée, en apparence sages et respectées ?

11

Vous me suivez toujours ?
Oui ?
Alors je continue.

Nathanaël, croyez-vous au hasard ?

Moi, avec le recul, j'y crois de moins en moins.

Pourquoi ?

ROXILLE (Une histoire étonnante)
© *Nathanaël AMAH , 2021 NATHAM Collection*

Vous savez, lorsque nous sommes dans la situation de celui ou de celle qui est submergé(e) par l'effet de la surprise, il est facile pour nous de faire la confusion entre l'imprévu et l'imprévisible.

Cette confusion supposée entre *:*

- *(d'une part)* notre expérience concernant la réalité de notre situation à un instant donnné,

- *(d'autre part)* notre capacité à prévoir le futur sans tenir compte de son caractère improbable,

nous conduit parfois à considérer comme merveilleux, tous les événements aléatoires et/ou accidentels.

Pourquoi je vous dis tout ça ?

Je m'étais installée dans cette routine qui vous engloutit petit à petit et qui vous empêche d'aller de l'avant, de réinventer le quotidien.

Ma vie ressemblait de plus en plus à celle de

la vieille fille entourée de ses chats, avec des poils de chat sur son pull, baignant dans les éffluves persistantes du pipi de chat, la vieille fille qui parle à ses chats en les prenant à témoin de ce qui l'enchante ou de ce qui la chagrine.

Sur le plan personnel, ma vie se résumait à celle d'une personne "ordinaire" avec des plaisirs simples, ne présentant aucun attrait, ne suscitant aucune envie.

J'étais sur une une pente dangereuse, malgré une activité professionnelle prenante, en constante progression laissant présager un avenir radieux.

Au bureau, j'étais la brillante cheffe de projets, à la maison, la dame aux chats.

Il ne me manquait plus que la moustache pour ressembler à mes chats.

Vous voyez le tableau ?

Un jour, en rentrant d'un weekend au bord de la mer, je mis mon répondeur en mode écoute.

Quatre messages.

Un appel de maman pour me faire part de ses récriminations habituelles, deux appels de copines et un appel sans message.

Juste un long silence avec en fond sonore, le bruit d'une respiration.

C'était tout à fait inhabituel à cette époque là, pas comme aujourd'hui où, les appels sans message n'ont d'autres objectifs que de vous faire dépenser de l'argent frauduleusement.

Un peu plus tard dans la soirée, un nouvel appel.

En décrochant le combiné, j'ai eu une appréhension.

Non pas la crainte d'apprendre le décès de mon père souffrant à cette époque d'une maladie dont personne ne voulait en parler, mais j'étais envahie par un sentiment de peur inexpliqué lié à quelque chose dont je ne saurais donner une définition claire.

Pourtant, quoi de plus naturel que de décrocher le combiné lorsque le téléphone sonne.

ROXILLE (Une histoire étonnante)

12

- " *Allo !* "

A l'autre bout du fil, le silence.

Cela dura quelques secondes, puis au moment où je m'apprêtais à raccrocher le combiné :

- " *Bonsoir Roxille.* "

Mon coeur s'est mis à battre à tout rompre.

Cette voix que je reconnaîtrais parmi des milliers d'autres voix, cette façon de parler en détachant les syllabes pour masquer un léger bégaiement.

Oui, c'était bien lui, le monsieur aux yeux marrons.

Comment vous expliquer ce que j'ai ressenti à ce moment précis où j'entendis sa voix ?

Vous est-il déjà arrivé de craindre une chose et de vouloir ardemment cette chose en même temps ?

Je l'avais fui mais, à la simple écoute de sa voix, tout est revenu dans mon esprit comme si nous nous étions quittés la veille.

Cette simple phrase : "Bonsoir Roxille" a suffi à rallumer un feu que je croyais éteint.

J'étais persuadée que sous la cendre, il n'y avait plus rien, à l'exception du souvenir d'une braise particulièrement incandescente, à laquelle je m'étais brûlée plus d'une fois, avec ivresse, jouissance, ravissement et volupté.

Mon esprit et mon corps tout entier gardent encore le souvenir de ces moments d'une intensité rare passés avec lui.

Il est incroyable ce type. Je ne peux pas vous décrire avec des mots ce qu'il m'inspirait et ce qu'il est capable de me faire pour me rendre folle.

Tout ce que notre Mère Nature ne lui a pas accordé pour le rendre physiquement attrayant, elle lui a tout restitué en lui attribuant le don de l'amant parfait.

Ne souriez pas Nathanaël. Je vous parle très sérieusement.

Oui Nathanaël, avec moi il a été l'amant parfait, probablement pas avec une autre femme.

Je vous le concède.

En m'exprimant ainsi, j'ai naturellement voulu, avec la passion qui me caractérise, insister sur sa parfaite connaissance de mon corps, et sur sa manière unique de me faire l'amour.

Je réponds oui à votre remarque qui pointe le fait que chaque femme a connu *(ou connaîtra)* au moins une fois dans sa vie, le grand frisson.

Pour les unes, cela peut être l'éblouissement intellectuel qui fait de l'ami précieux, une source abondante de nouriture cérébrale, ami précieux dont l'absence rend la vie terne, terriblement vide de sens, voire insupportable.

Pour les autres, c'est le ravissement des sens provoqué par un être "insignifiant" en apparence mais redoutablement efficace au moment de ce corps à corps que la nature a institué en créant l'homme et la femme.

Pour d'autres encore, c'est ni l'un ni l'autre : c'est l'ami "semi précieux" à classer dans la catégorie des gens "ordinaires", ne présentant qu'un intérêt relatif dans cette relation "homme/femme". Sa présence est à peine remarquée, son absence ne plonge pas dans le désespoir, son retour n'est pas acclamé. Il

ROXILLE (Une histoire étonnante)

existe, c'est tout.

ROXILLE (Une histoire étonnante)
© *Nathanaël AMAH , 2021 NATHAM Collection*

13

Cette séparation forcée que j'avais provoquée après ce que j'ai pris *(à tort)* pour une demande en mariage déguisée, m'avait permise de découvrir après coup, combien il était ancré dans mon esprit.

Je pensais l'avoir oublié.

Il n'en était rien.

Si son appel était destiné à me demander d'aller le rejoindre et de vivre avec lui dans l'instant, c'est sûr, je mettrais mes chats à la SPA et je me précipiterais dans ses bras, éperdument amoureuse.

- " *Bonsoir. c'est toi ? C'est une sacrée surprise que tu me fais ! Comment vas-tu depuis ce temps ?* "

- " *Je vais bien malgré la manière dont tu m'as traité. ... J'ai beaucoup hésité avant de t'appeler. Tu sais, je ne n'ai rien compris à ton départ précipité. Qu'est-ce que j'ai pu bien te faire pour provoquer une telle réaction de ta part ? Je ne savais pas que tu es ce genre de femme qui prend et qui jette l'instant d'après. Peux-tu m'expliquer ? ... J'aimerais bien comprendre. Si tu penses que tu n'as pas d'explication à me donner, alors tu peux raccrocher.* "

Dans sa voix, je pouvais entendre sa colère. J'étais dans mes petits souliers. Je me suis sentie honteuse de ma conduite à cet instant précis où, tel un procureur, il me somme de m'expliquer sur ma conduite.

Que pouvais-je lui répondre ?

Que je suis très heureuse qu'il m'ait rappelée

(une façon de noyer le poisson et reprendre le contrôle de la situation) ?

Que je suis désolée en prétestant une urgence pendant qu'il prenait sa douche *(en plaidant coupable)* ?

Que j'avais eu peur de m'engager à la suite de sa déclaration ? *(indication que la porte de mon coeur n'est pas complétement fermée)*.

Qu'importe l'option choisie, le principal c'est d'amorcer un début de réconciliation et instaurer la normalisation de nos rapports.

Pour ce faire, je devrais en premier lieu tout faire pour apaiser sa colère.

Oui mais, je ne savais pas à qui j'avais à faire :

- un colérique ou un pacifiste ?
- un vertueux ou un immoral ?
- un opportuniste ou un attentiste ?
- un amoureux ou un cavaleur ?

Roucouler dans les bras d'un inconnu ne

permet pas forcément de connaître son âme.

Je n'avais pas pour habitude de soumettre mes amants à un interrogatoire serré pour déterminer leur personnalité.

Ce qui m'intéresse chez eux est ailleurs.

La situation dans laquelle je me suis retrouvée ne fait pas partie des scenarii que j'ai pu envisager dans mes relations avec mes amants.

Moi Roxille, obligée de me soumettre devant un inconnu, peu importe qu'il soit mon amant ou pas, cela ne me ressemble pas. Je n'ai pas grandi dans la crainte de l'homme. Et ça, vous le savez.

A la rigueur, je suis prête à argumenter, à essayer de sauver ce qui peut encore être sauvé, mais jamais je ne me soumettrai.

Mais se rabaisser pour regagner le droit de retourner dans son lit, recevoir de ses lèvres chaudes des baisers humides, m'étourdir à nouveau entre ses doigts experts : cela mérite réflexion.

Néanmoins, je ne pouvais pas me résoudre à me rabaisser au point de lui demander pardon.

Pourtant, je confesse humblement que devant lui, je pourrais faire cette exception. Ainsi j'aurais *in fine* renié ma personnalité et mes principes sacrés qui font de moi, la femme que je suis.

C'est un type que j'ai dans la peau et qui m'obssède même si je m'interdis de me l'avouer.

L'autre scenario qui me mettrait directement au tapis : m'appeler juste pour me rendre la monnaie de ma pièce et me dire d'aller me faire foutre.

14

- *"Je souhaite que nous puissons en parler au calme, de vive voix, les yeux dans les yeux ... Que me proposes-tu ? Je ne reçois personne chez moi comme tu le sais pour ne pas perturber mes chats. On peut se voir où tu veux. Tu me diras, n'est-ce pas?"*

- *"Pas chez moi non plus, pour le moment."*

- *"Ah, la place est prise? Dis-moi."*

- *"Pourquoi tu veux savoir ? Je ne vis pas*

ROXILLE (Une histoire étonnante)
© *Nathanaël AMAH , 2021 NATHAM Collection*

avec des chats, moi, comme tu sais."

- " *Dis-moi, tu as une nouvelle copine ?* "

- " *Quelle importance ?* "

- " *C'est important pour moi.*"

- "*A quel titre ?* "

- " *Pour savoir où je mets les pieds.*"

- " *Tu plaisantes ?* "

- " *Non ! ... Tu me réponds?* "

- " *Je n'ai pas à répondre à ton injonction.*"

- " *Ok. J'arrive !* "

- " *Je t'interdis de venir chez moi.* "

- " *Tu ne peux pas me l'interdire.* "

- " *Tu te sens bien ?* "

- " *Parfaitement bien.* "

- " *J'en doute.* "

- " *Pourquoi ?* "

- " *Tu sembles déconnectée de la réalité.* "

- " *Quelle réalité? ... La seule réalité que je connaisse, c'est la femme que tu caches chez toi.*"

- " *Tu as un sérieux problème.*"

- " *Moi, non ! C'est toi qui ne te sens pas à ton aise en me refusant l'accès à ton appartement.*"

- " *Tu as bien dit 'TON APPARTEMENT', n'est-ce pas ? ... Ecoute, je ne voudrais pas me montrer désobligeant envers toi. Cette conversation n'a ni tête ni queue. Je n'ai aucune envie de continuer à gaspiller mon énergie dans ce palabre surréaliste et stérile. Je vais raccrocher.* "

- " *Ce n'est ni un palabre, ni un échange stérile. Je t'ai posé une question simple. Et je*

vois que tu es incapable de me répondre.
Que devrais-je en conclure ? ”

- “ *Ce que bon te semble !* ”

- “ *Ah ! Tu le prends comme ça ? OK.* ”

- “ *Je le prends comme je veux. Bonne*
soirée. ”

- “ *Ne raccroche pas. Je n'ai pas fini.* ”

- “ *Moi j'ai fini. Bonne soirée.* ”

Fin de la communication.

15

Devant ce que j'ai considéré comme un désastre, je ne pouvais pas me résoudre à accepter d'avoir perdu mon amant magnifique.

Comment ai-je pu me comporter comme une idiote devant ce type qui visiblement a encore envie de me voir ?

C'est bizarre, comment nos sens nous entraînent parfois dans des situations qui nous dépassent.

D'où m'est venu ce sentiment de jalousie ?

Pourquoi son refus de me répondre m'a rendue folle de rage au point de me ridiculiser devant lui ?

Qu'a-t-il pensé de moi à cet instant précis où je lui débitais toutes ces inepties?

Pourquoi ce comportement de vieille maîtresse délaissée ?

Qui a délaissé l'autre ?

Tout ce questionnement me plongea dans un grand désespoir.

Bien évidemment, je n'avais aucune intention de me rendre chez lui, même si son refus de me répondre avait suscité chez moi des sentiments mitigés *(à mon grand regret)*, mélangeant mon arrogance habituelle à la manifestation d'un début de crise de jalousie.

Heureusement, à travers son comportement envers moi, j'ai cru deviner une envie de me revoir même si, à sa façon mesurée de me répondre, il m'a rendu la monnaie de ma pièce.

A travers mon propre ressenti, j'ai pu mesurer la souffrance qui a été la sienne au moment où je m'étais enfuie de chez lui.

Je peux l'imaginer à la sortie de sa douche, une serviette autour de la taille, se préparant fébrilement dans l'espoir de m'accompagner chez moi "ramasser mes affaires" comme il avait dit.

Je l'imagine même en train de me parler depuis la salle de bain pour me dire mille et une choses qui rassureraient la plupart des femmes.

Mais moi, j'avais fait la fine bouche pour protéger ce que je croyais important : ma liberté !

Parlons-en de la liberté : ce couteau à double tranchant.

Je reprendrai bien volontiers à mon compte cette définition qui, aujourd'hui, me ferait agir autrement :

" ***… Situation de quelqu'un qui se déterminé en dehors de toute pression extérieure ou de tout préjugé. …***"

"Pression extérieure" : quelle pression avait-il exercée sur moi en me proposant de m'accompagner pour ramasser mes affaires ?

C'était une situation simple. A son désir de m'avoir chez lui, *(expression de son désir qui aurait dû me flatter),* je pouvais tout simplement et gentillement décliner son invitation à démeurer avec lui dans son appartement, en alléguant le côté encombrant et imprévisible de mes chats, par exemple. Cela aurait fonctionné et notre relation aurait été préservée.

" Tout préjugé " : accepter cette invitation à vivre avec lui, n'aurait pas fait de moi une fille facile, et ne lui aurait pas donné l' impression que je suis une femme que l'on peut appâter avec le sexe.

Si le sexe est important pour moi, pourquoi je n'aurais pas ce droit légitime de me laisser appâter par son sexe ?

Quel préjugé peut-il en découler si c'est le cas ?

J'aurais au moins tenté l'expérience en lui remettant la clé de chez moi.

Je lui aurais confié le soin de faire "ami ami" avec mes chats qui valideraient à leur tour, la présence de l'amant magnifique à mes côtés, si toutefois, la présence de mes chats dans mon lit n'est pas un obstacle insurmontable pour lui.

A moins que je l'installe dans une autre chambre dans laquelle je passerai la moitié de la nuit pour l'extase et l'autre moitié avec mes chats pour la sérénité.

Ne souriez pas Nathanaël !

A l'époque, j'avais une autre mentalité. J'étais une écorchée vive. Je voulais à moi toute seule, révolutionner la vie de la femme à travers mon comportement et mes prises de positions.

Bien des fois, je me suis couverte de ridicule.

Peut-être que j'aurais certainement eu un autre comportement si, sa demande était formulée dans d'autres ciconstances.

Qui sait ?

16

Nathanaël, je lis l'impatience dans vos yeux. Patientez encore un peu et je vous raconterai la fin de mon histoire.

Après cette conversation surréaliste, je me suis réfugiée dans mon travail. Plus rien ne comptait pour moi.

Sur le plan personnel, mon soudain manque d'assurance est devenu une source de préoccupation dans mon esprit.

J'avais l'impression d'avoir reçu en pleine gueule, l'image que je projette sur les autres.

L'effet boomerang !

Oui !

Mon arrogance, ma suffisance, en résumé mon totalitarisme, tout cela à tavers la réaction de mon amant magnifique *(l'est-il toujours ?)*, est revenu me pourrir la vie.

Il est impératif pour moi de me débarrasser de mon caractère épouvantable au plus vite si, mon désir profond est d'ouvrir mon coeur à l'amour.

Cela signifierait pour moi de renier ma nature profonde, mon essence, cet aspect de moi qui constitue ma "signature" dans cette société dominée par les hommes.

Est-il si magnifique que ça pour mériter que j'abandonne ce qui me caractérise et qui a fait de moi ce que je suis devenue, à savoir la belle rousse, la "prédatrice", l'insatiable dont les amants se souviennent, pour devenir

Roxille, une femme rousse "ordinaire" ?

J'en tremble encore d'éffroi, en pensant à cette période pendant laquelle, faire mon introspection, était devenu mon activité principale.

Ce que je découvrais jour après jour n'est pas très glorieux.

Malgré tout, je continuais à demeurer dans la peau de la personne qui déteste l'ordre social établi, l'odre naturel établi, l'ordre cosmique établi à savoir : un homme, une femme.

Ma vision du contenu de cette affirmation *(qui objectivement ne repose sur rien)*, était bridée comme si je portais des oeillères.

Dans ma vision réduite *(voire étriquée)*, l'image de l'indifférence de mon père vis-à-vis de ma mère, et de celle de ma mère préférant le supposé génie de mon frère par rapport à mon intelligence remarquable, occupaient une place prépondérante.

Cela ne me prédisposait pas à accorder la

moindre importance à l'amour qui, de mon point de vue à cette époque, est une notion vide sens.

Ne me demandez pas d'expliquer, je n'en sais rien. C'était comme ça.

D'aucun dirait en utilisant des termes savants, que je suis une personne pyschorigide.

Mais au fil du temps, mon esprit s'est peu à peu ouvert au "sentiment amoureux".

Malheureusement, j'avais senti les éffluves de ce sentiment amoureux dans les pires conditions.

En effet, comme je l'ai dit au début de mon histoire, un sentiment amoureux occasionne des vols de papillons dans l'estomac. C'est généralement un des signes annonciateurs.

Dans mon cas, à travers cette métamorphose psychologique qui était en train de s'opérer en moi, la sensation du sentiment amoureux était tout autre que celle provoquée par les vols de papillons dans l'estomac des jeunes filles.

C'était plutôt des crises d'angoisses qui me faisaient tordre de douleurs, tellement la violence qu'avait déclenchée ce sentiment amoureux, était manifeste et incontrôlable.

Peut-être, la nature me signifiait par ce biais, que je ne suis pas différente des autres femmes et que mon arrogance doit cesser.

17

En effet, pendant toutes ces années, j'étais droite dans mes bottes. J'étais fière de ma personne. J'étais hautaine, j'étais au sommet de mon arrogance.

Je pensais échapper aux tumultes intérieurs qui préoccupent la majorité des femmes, ce souci vif et constant qui absorbe l'esprit et qui empêche d'avancer dans la vie.

Je pensais être à l'abri des transformations successives de mon état psychologique initial soumis à ma nécessaire et inévitable évolution au sein de la société dans laquelle je vivais, société elle-même en perpétuel mouvement.

Selon Nietzshe :

*" **Les convictions sont des prisons.** "*

Mes convictions étaient bien ancrées en moi et me tenaient prisonnière.

J'étais incapable de me situer dans le concert général de la vie.

Non, je rectifie : je me voyais plutôt au sommet de cette pyramide, parmi ceux ou celles qui dominent les autres.

Oui Nathanaël, quelle arrogance ! Quelle prétention ! Quelle outrecuidance !

Alors, sans m'en rendre compte, après ce qui s'est passé avec mon amant magnifique, j'ai peu à peu abandonné mes certitudes.

Il était désormais clair dans mon esprit que :

- moi aussi, je peux tomber amoureuse.

- moi aussi, je peux ressentir et manifester de la jalousie.

- moi aussi, je peux me sentir faible devant un homme au point de me ridiculiser comme je l'ai fait.

Je me suis effectivement rendue compte que je ne suis pas si différente des autres femmes.

Progressivement, je suis sortie de ma zone de confort.

Ma carapace est fendillée de partout. Une vraie ruine. Qu'elle misère !

J'étais lamentable.

Mon auto protection est dévérouillée.

Je n'étais plus étanche vis-à-vis du monde extérieur.

Dorénavant, cela est devenu dangeureux pour moi de côtoyer le "monde des hommes".

De prédatrice, je suis devenue la proie avec tous mes sens en alerte permanente.

Les rares fois que j'ai eu l'occasion de me donner à un homme, *(oui vous avez bien entendu "me donner")*, mon approche vis-à-vis de l'acte sexuel avait changé.

Je ne suis plus la générale de cavalerie, le torse bombé, le menton haut perché, le verbe haut.

Je ne suis plus cette cheffe d'orchestre qui exigeait une exécution parfaite de l'oeuvre sacrée, *(prélude et postlude de rigueur)*.

Je ne saurais vous dire si mon rôle peut *(à la rigueur)* s'apparenter à celui du premier violon.

Je me contentais de suivre le tempo.

18

Grandeur et décadence ?

Non !

J'ai conservé mon enthousiasme face à la vie.

Dès lors, ma vision de la vie est plus complète
et beaucoup plus positive.

Je ne méprise plus les hommes. J'ai appris à ne
plus être hantée par cette idée fixe selon
laquelle, leur suffisance pathétique, leur
supériorité de façade, sont leurs seuls atouts.

Au fait, un homme c'est quoi ?

Martin Luther King a dit :

" *La véritable grandeur d'un homme ne se mesure pas à des moments où il est à son aise, mais lorsqu'il traverse une période de contreverse et de défis.* "

Pour moi, de ce que javais compris du fonctionnement de l'homme, *(lorsque javais daigné m'abaisser pour observer l'homme dans toute sa "petitesse" comme je le disais à l'époque où mon arrogance était à son firmament)*, il était clair pour moi que la posture généralement adoptée par la plupart d'entre eux vise à : tenter de camoufler leur manque d'autorité naturelle, constituer un rempart contre leur fragilité qui les déstabilise lorsque les circonstances de la vie les obligent à traverser une période de contreverse et de défis.

Si j'ose cette comparaison pas très heureuse, je dirais que le chien qui aboie, ne mord pas.

En dehors de cette fragilité qui les rendrait

presque sympathiques *(en dévoilant une part de leur faiblesse en parfait décalage avec leur statut d'hommes virils et forts)*, l'image désastreuse *(véhiculée par la société machiste dans laquelle nous vivons)*, qui leur colle à la peau, a fait d'eux, des êtres peu recommandes pour la femme avide d'attentions et de tendresse.

J'avais découvert que la femme qui m'habitait a soif d'attentions et de tendresse.

Alors en toute objectivité, comment pouvais-je me fier à un homme lorsque mon propre père n'avait pas su donner la bonne image de l'homme, cette image nécessaire et rassurante pour la femme en devenir qui était sa petite fille Roxille ?

D'autre part, l'audience et l'admiration sans borne suscitées par mon artiste peintre de frère, ont eu pour conséquences de renforcer mon aversion pour les hommes.

Il me fallait tout l'univers des hommes pour agir et prendre ma revanche.

Etais-je à la reherche d'une gloire que pourrait me procurer la puissance découlant de mon arrogance face à ces hommes que je prenais et que je jetais à ma guise ?

Etais-je en quête de ce visage que mon père n'a pas su montrer à ma mère ?

De plus, comment pouvais-je me comporter autrement face à tous ces hommes *(à l'exception d'un seul)* qui sont dans un rôle de soumission et non de conquête ?

19

Alors que je n'attendais plus rien de l'existence, le monsieur aux yeux marrons est réapparu dans ma vie par le plus grand des hasards, pas au détour d'un chemin dans mon quartier, encore moins dans la file d'attente devant la boulangerie.

Rien de tout ça.

Ecoutez plutôt.

ROXILLE (Une histoire étonnante)

Vous allez voir comment le destin peut décider de façon irrévocable le cours des événements.

Admise en urgence absolue à l'hôpital, à la suite d'un accident grave de la circulation, j'ai été opérée pendant plusieurs heures.

Après deux jours passés dans le service de réanimation, me voila installée dans une chambre individuelle en chirurgie.

En fin de journée, je reçus la visite du chirurgien qui m'a opérée.

Malgré mon esprit embué par les effets des puissants antalgiques, j'ai pu voir clairement le visage du chirurgien debout au pied de mon lit, consultant le tableau de mes constantes physiologiques.

Eh oui ! Vous avez deviné.

Mon amant magnifique est un brillant chirurgien et je ne le savais pas.

Il fait partie de cette catégorie de personnes

qui n'aiment pas étaler leur vie aux quatre vents. Autant il ne savait pas qui j'étais, autant je ne savais pas qui il était. Ce qui nous unissait était tout autre : être ensemble, profiter de l'instant.

Il m'a sauvé la vie, lui que j'ai méprisé en ce temps là où je n'ai pas su prendre la mesure de ses sentiments et de ses intentions envers moi.

M'avait-il reconnue au moment où il m'opérait ?

Ses gestes étaient-ils purement techniques lorsqu'il a touché mon bassin écrasé dans l'accident pour le réparer ?

Je n'en sais rien.

Je me souviens, il aimait me faire l'amour en attrapant vigoureusement mon bassin dans ses mains pour me sentir plus proche de lui, pour faire "un" avec moi comme il disait. J'avais l'impression d'être hors de mon corps alors que j'étais dans mon corps. Il repoussait sans cesse les limites du plaisir. Je découvrais des sensations insoupçonnées. Être avec lui c'est être au-delà de la réalité. C'est ébouriffant. Les endroits de nos âmes sensés ne jamais se toucher, finissaient par se toucher.

Celà m'électrisait au point de me rendre folle.

Peut-être, ses mains ont gardé la mémoire de la forme de mon bassin. Qui sait ?

(Gros soupirs).

Sur mon lit d'hôpital, j'étais toujours Roxille, la femme rousse mais avec quelques rondeurs de plus depuis nos dernières étreintes.

Mais, je n'étais pas à mon avantage : lui dans sa blouse blanche, moi en blouse jetable d'hôpital, ouverte dans le dos, à moitié nue, pas maquillée, pas coîffée.

L'horreur absolue. Mais qu'importe.

Soudain :

- " ***Qui s'occupe de tes chats ?*** "

Cette voix caractéristique que je reconnaîtrais

parmi des dizaines d'autres, me confirma ma première impression.

Je ne me suis pas trompée. C'est bien lui.

Oui mes chats ! Oh mon dieu !

- " *Je ne sais pas. ... Ma femme de ménage devrait normalement passer. ... Au fait nous sommes quel jour aujourd'hui ?* "

- " *Jeudi. ... Elle travaille combien de fois par semaine ?* "

- " *Elle travaille le lundi, le mercredi et le samedi.*"

- " *Elle a les clés ?* "

- " **... Je crois . ...**"

20

Jusqu'à mon retour à la maison, après un séjour obligé dans un centre de rééducation, mon amant magnifique, tel un ami, s'est régulièrement rendu chez moi pour vérifier et assurer le confort de mes chats.

Qui d'autre peut agir de la sorte ? Qui peut me montrer autant d'amitié si ce n'est lui *(lui sur le compte duquel je me suis gravement trompée)*?

ROXILLE (Une histoire étonnante)

Mes chats l'ont bien senti et n'ont pas tardé à l'adopter.

Il était fait pour moi.

Une évidence.

Alors, quelques mois après mon accident, je devins sa femme.

De notre union, sept enfants sont nés : une fille, suivie de trois paires de jumeaux garçons.

Oui une famille nombreuse qui m'a rendue heureuse au-delà de ce que je peux imaginer.

Ah j'oubliais : un de mes garçons après des études aux Beaux-Arts, est devenu un artiste peintre.

Je vous vois sourire : Non Nathanaël, aucune de ses toiles sur les murs de notre chambre.

Au sein de la famille, il n'est ni mon chouchou, ni l'incarnation de Picasso.

Le champagne coule à flots à la maison, mais pour d'autres raisons.

Vingt ans de bonheur sans nuage.

J'ai cessé de travailler pour me consacrer à mes enfants.

Depuis deux ans, je pleure mon amant magnifique : il s'en est allé un matin au début de l'automne rejoindre le club très fermé des gens qui sont chers à nos coeurs et qui nous manquent terriblement.

Je n'attends qu'une chose : aller le rejoindre pour continuer à nous aimer, expérimenter de nouveaux plaisirs et reprendre la vie où nous l'avons laissée.

Alors, puisque nous aurons la vie éternelle, ce sera sans fin.

Je m'en réjouis d'avance.

Nathanaël, voila mon histoire.

Elle n'est probablement pas unique.

Beaucoup de mes semblables pourront s'identifier à moi en ayant vécu ce que j'ai vécu, en pleurant tous les jours, un amant devenu un mari d'exception.

Contre toute attente, ce mari d'exception a réussi à gommer l'image déplorable laissée par mon père.

Je lui en suis infiniment reconnaissante.

Merci Nathanaël de m'avoir écoutée.

" Roxille,

Je vous livre le résultat de la tâche que vous m'avez invité à accomplir.

En l'accomplissant, je ne me suis pas mis dans la peau d'un scribe dont la vocation est de retranscrire fidèlement les propos qui sont parvenus à sa connaissance.

En clair, je n'ai pas tenu votre plume à votre place.

D'ailleurs, vous auriez pu l'écrire vous-même votre histoire. Vos mots auraient été différents: bruts, percutants, sans artifices, mais sincères, terriblement émouvants.

En toute modestie, j'ai essayé d'éclairer cette partie de vous qui abhorre l'image que votre père vous a laissée au point de créer chez vous, une détestation de l'homme dans sa globalité.

© *Nathanaël AMAH , 2021 NATHAM Collection*

Hormis la performance, le meilleur cadeau que ce monsieur aux yeux marrons vous ait fait, c'est de vous avoir accordé son attention, cette attention que (selon vous), votre père n'a pas accordée à votre mère.

La sensation de plénitude que vous avez ressentie, que vous avez si bien décrite, mais que vous refusiez à cette époque de votre existense, de considérer comme le signe manifeste de votre virage vers le début d'une vie de femme "normale", inclut le sentiment amoureux, même si pour vous, ce monsieur n'était qu'un homme-objet, dévoué, performant.

De ce que j'ai compris, vous étiez addicte au sexe. Lui, il prenait à son compte le moindre de vos désirs sexuels, tout en dissociant ses sentiments pour vous, de votre exigence à obtenir de lui, le même niveau prestation à chacune de vos retrouvailles. Pour lui, la réalité de l'instant ne devait pas pervertir l'émotion ressentie dans tout son être lorsqu'il vous prenait dans ses bras.

Si j'osais, je dirais que l'attention qu'il vous portait, explique pourquoi il est parvenu à dompter chez vous, cette chose capricieuse pour laquelle les amants du monde entier rivalisent de prouesses pour trouver le mode d'emploi. Ce qui fait de lui de facto, la Rolls des amant.

Ceci dit, j'ai été heureux de constater que vous n'avez pas persisté dans votre acharnement à faire d'un cas particulier une généralité, une attitude qui a perverti durablement votre approche concernant la relation homme / femme.

Ce que vous m'avez confié, n'a pas modifié la vision que j'ai de la femme.

Cela va de soi.

Par contre, ce qui a effleuré mon esprit en exécutant cet exercice (qui est une première pour moi), c'est l'idée que nous pouvons à toutes les étapes de notre vie, nous identifier comme des victimes potentelles, en relation avec une situation qui nous est étrangère ou qui nous dépasse.

En principe, ce qui nous est étranger, ne saurait impacter notre vie au point de créer chez nous, les conditions détestables d'une vie de rébellion qui nous rendrait invivables face à nos semblables.

Ce que je retiens de votre récit *in fine*, c'est que le meilleur de notre vie nous attend.

Cela redonne de l'espoir au genre humain.

Une dernière chose : j'espère que vous apprécierez la symbolique contenue dans la merveilleuse photo de mon amie Larisa Kazakova illustrant la couverture de mon livre.

J'attends votre retour, avec une grande impatience.

Merci à vous.
Ce fut un plaisir.

Nathanaël"

ROXILLE (Une histoire étonnante)

ROXILLE (Une histoire étonnante)

FIN.

ROXILLE (Une histoire étonnante)

ROXILLE (Une histoire étonnante)

ROXILLE (Une histoire étonnante)

ROXILLE (Une histoire étonnante)

© 2021 Nathanaël AMAH

Édition : BoD-Books on Demand, 12/14 rond point des Champs Élysées, 75008 Paris,

Impression: BoD-Books on Demand, Norderstedt, Allemagne

ISBN : **9782322377947**

Dépôt légal : Juillet, 2021